寻她
XUN TA

杜蕾 ◎ 著

陕西新华出版传媒集团
太白文艺出版社·西安

图书在版编目（CIP）数据

寻她 / 杜蕾著. -- 西安：太白文艺出版社，
2022.3
ISBN 978-7-5513-2056-6

Ⅰ. ①寻… Ⅱ. ①杜… Ⅲ. ①散文集－中国－当代
Ⅳ. ①I267

中国版本图书馆CIP数据核字(2021)第211805号

寻她
XUN TA

作　　者	杜 蕾
责任编辑	薛 伟　何音旋
整体设计	派瑞文化
出版发行	陕西新华出版传媒集团
	太 白 文 艺 出 版 社
经　　销	新华书店
印　　刷	涿州军迪印刷有限公司
开　　本	787mm×1092mm　1/32
字　　数	77千字
印　　张	4.5
版　　次	2022年3月第1版
印　　次	2022年3月第1次印刷
书　　号	ISBN 978-7-5513-2056-6
定　　价	68.00元

前言

你好，朋友，很高兴遇见你

这是我献给你的礼物，希望你会喜欢

每个女人都有无限的能量与魅力，或许你现在正感到迷茫、

焦虑、浮躁和不安，不妨打开自己，倾听内心深处的声音

寻找真实的自我，变得更加优秀

感受文字的力量

倾听内心的声音

就像是一场修行

找寻最真实的自己

目 录 CONTENTS

『开篇』

006   找回每时每刻的自己

『生活』

014   "谋生"与"谋爱",谁更重要?
016   别怕
019   习惯了说"我没事"
021   生活总会让你哭哭笑笑
023   爱过,所以活过
025   愿你的身边,爱在相伴
027   别让梦想遇上遥遥无期
030   晨暮交替,生活在说话
033   比失败更可怕的是后悔
035   因为辛苦,所以珍贵
037   孤独与收获并存
039   苍山雪 洱海月
043   束一份情,过一条河
047   不要等到失去时才懂得珍惜
049   你若安好 我不打扰

051　　逆流而上的你最勇敢

053　　下次，是什么时候?

055　　再等我一会儿，好吗?

057　　致记忆里的思念

059　　最后的"再见"

062　　愿有一个人懂你的苦，并拥抱你

『态度』

066　　生活的态度

070　　女人，你的奢侈品是自主

072　　心怀大爱，保持善良

074　　那些被"听说"毁掉的现实

076　　爱哭的你学会了笑着转身

078　　带着伤口奔跑

080　　爱是什么?

082　　舍得，不是得舍

084　　微笑是最有力量的

086　　愿你可以嫁给爱情

088　　致过去的十年

090　　在路上

『爱情』

094 　和你在一起时，没有羡慕过任何人

096 　愿你不是我的前半生，而是一生

098 　本可以

100 　别等了，你没有那么重要

102 　纵然放不下，也要坚强

104 　在永不再见的日子里祝福你

106 　我这辈子有过你

108 　你好好走，我好好过

109 　我与你的交情，尽心无憾

111 　你好，再见

113 　听说

115 　好好爱自己

118 　依然相信爱情，不向世俗妥协

『感恩』

124 　妈妈

127 　爸爸

130 　人间四月

『篇尾』

133 　人活着就是要靠"精气神"

寻她 ｜ 开篇

找回每时每刻的自己

　　此刻的你，也许正在为冲刺业绩而加班加点地拼搏；也许正在为庆祝开心的事情和朋友把酒言欢；也许正在为某件还解决不了的事情思绪万千；也许正在为丢失一份珍贵的情感而轻拭泪水；也许正在为有了新的希望而兴奋得无法入睡；也许正在……

　　不要让悲伤与难过左右你的情绪，不要让愤怒与失望使你辗转反侧；我们无法让行走的顺时针逆向倒转，也无法让还没到来的明天随心所愿。

但是，我们——

可以让自己活得精彩一些，再精彩一些；

可以让这一刻开心一点，再开心一点；

可以让身边的人温暖一度，再温暖一度；

可以让……

无论终点在哪里，时间都不会驻足，请照顾好自己，带给身边的人更多快乐与力量。

不惊、不怖、不畏、不退、不拖。

总有一种力量引领我们向上。

正如埃克哈特·托利所说：

"当人们活在当下，与内在的寂静有所联结，便可超越复杂的心智与情绪，发现潜藏于内心深处恒在的平静、满足与力量。"

吃得起法餐，住得了草屋
装得满爱人，容得下佞人
对爱可以大胆说出
对梦依然保持向往
对生活保持热爱
对现实不卑不亢

感性而不浅薄
理性却不木讷
做一个追求真我的可爱女人

笑而不语是一种豁达，痛而不言是一种修行

寡言，却心有一片海

莫问前程凶吉，但求落幕无悔
宁做敢爱敢恨的真性情烈女子
不做表里不一的假正经伪女人

你的苦将照亮你的路，你的眼泪将变成礼物

寻她 ｜ 生活

"谋生"与"谋爱"，谁更重要？

首先我要和你分享的是著名新女性主义作家李筱懿的一篇文章——《先谋生，再谋爱》。

每个女人都会遇到这样或那样的感情，而每段情感经历都各不相同。很多时候，我们都在事业与爱情的选择之间徘徊。可是，到底是应该先谋生，还是先谋爱呢？

李筱懿在文章中说，什么才是优秀的女人？优秀的最高级别又是什么呢？"或许是明明非常出色，却不把自己的出色太当回事儿吧"。

"可是，这样的人太少，生活中最多的是分明没有那么好看，却用美颜相机修了图"，或者"分明没有那么突出，却把周围的人都想矮了，认为自己确实艺高人胆大"。

"所以，不用担心优秀的女人没有人敢爱，人在没有达到一定高度和层面的时候，千万不要为与你无关的事情操太多的心。"

曾经有一个姑娘这么说："我依靠自己的努力实现了财务自由，我对另一半没有太多要求，因为我不再需要一个男人给我房子，我只需要和一个男人一起建立一个家。"

是啊，这句话说得多棒啊！

很多时候，努力拼搏不是为了拥有更多的金钱，而是当另一半遇到困难的时候，自己可以多做一些，不让心爱的人那么辛苦。当"走到力所能及的最高处、最远处"时，"你会发现，那里的天地和空气与你在起点和中途时的完全不同，你的想法和观念也比初始有了更大的改变"，爱你的人也会因为拥有优秀的你而感到自豪和欣慰。

所以，"好姑娘，请先谋生，再谋爱"。

别怕

1918 年 12 月 23 日深夜，在巴黎的某个街角，两辆马车突然相撞，将相爱的两个人残忍地分割在天地间。他们就是可可·香奈儿和她的恋人亚瑟·卡伯。那年可可·香奈儿 31 岁。当她亲眼看到自己的男朋友被撞得面目全非时，天人两隔的痛苦被一次又一次地放大。香奈儿安静地用手帕包起一串染血的珍珠项链，那是恋人送给她的最后一件圣诞礼物。

她没有选择歇斯底里的悲鸣，而是把眼泪、悲恸、尖叫统统藏到心底，为自己做了一款小黑裙，来悼念逝去的爱情。近乎两年的时间里，她都在沉默中度过。

在与痛苦的博弈中，香奈儿收获了人生中最精彩的成就：她的小黑裙和香奈儿珠宝，以及创新的 5 号香水和手袋等，这些一起构成了一个时尚传奇。

这就是香奈儿的故事。她成功背后的代价太大了。成功的背后往往有不为人知的酸楚和难以承受的痛苦。我们在不断地失去，也在不断地收获。痛苦并不总是摧毁的象征，它同样能够赋予一个人新生。

我们常常焦虑，焦虑到彻夜难眠、食不甘味，头发一根接一根地掉，烟一支接一支地抽；多少个时刻都想要放弃，或是想要当一只鸵鸟，假装自己没有那么多的压力与烦恼。可这些终究也只能是想想，一觉睡醒依然要面对一地鸡毛的生活。那么，我们的焦虑从哪里来？想一想，或许是因为现有的能力解决不了眼前的问题。我想说，别怕，将现在所经历的一切痛苦都当成是大力水手的菠菜吃下去，抛弃杂念，专心去做能够提高能力的事情，直到本事大到足以解决问题，焦虑就会随风而去。

摔了很多次跤，发现爬起来的速度更快了；
流了很多次眼泪，发现眼睛变亮了；
伤了很多次心，发现胸怀变大了；
走错了很多次路，终于知道要用导航了；
爱错了很多人，终于知道珍惜了……

就像冯仑说过的那样：
伟大，都是熬出来的。
生活中走得远的，都是自愈能力很强的人。

希望我们都学会自我治愈，
成为那个让自己骄傲的自己。

习惯了说"我没事"

不知从什么时候开始，我们学会了藏起心事，咽下委屈，收起眼泪，浅笑着用一句"我没事"代替了所有想要宣泄的情绪。

成长中，我们经历了很多事，走过了很多地方，见到了不同城市的阳光，尝尽了世间的美食，阅尽了各样的美景，可丢失的，却是最初那份单纯的快乐。

人们总在说，如果可以回到过去该有多好，可现实终究是无法改变的，我们不能沉浸在对过去的追忆中无法释怀。那些逝去的青春，虽然回不去了，却是我们生命中不可磨灭的珍贵记忆。经过岁月的打磨，我们光鲜亮丽的形象背后又隐藏着多少的艰难困苦呢？

在这个世界上，人人都不容易，只是每个人的不易不同而已。

不管遭受多少次风风雨雨，跌倒了，一定要站起来，怀着感恩之心和勇气。任何打击和挫折都可以是财富，都是上天的馈赠。

就像老子说过的一段话："知人者智，自知者明；胜人者有力，自胜者强；知足者富，强行者有志；不失其所者久，死而不亡者寿。"

不要低头，不要害怕，不要放弃，不要屈服。

坚持下去，再坚强一点！

经历了伤痛之后，经历了暴风雨之后，你会发现，所有的苦都变成了之后路上明亮的灯；所有曾经的负担也都会成为最好的礼物，统统回馈给自己。

你要做的，就是勇敢地站立行走，永不言弃！

生活总会让你哭哭笑笑

　　我在网络上看到下面这样一段话，虽然说得有些许伤感、些许无奈，但不得不承认的确有道理：

　　"当我们心间所有的真诚与热忱被善变与凉薄浸透之后，或许怀念，或许伤情，但依然会选择转身离去，渐行渐远……"

　　是啊！伴随着一天一天走过的路途，一页一页翻过的往事，当初来到这个世界上的我们，怀揣着梦想，满载着能量，穿过层层荆棘，越过刀山火海，向着属于自己幸福的方向走去。可是，走着走着，走不动了，想停下来歇歇脚；走着走着，没勇气了，想回到最初；走着走着，哭了，哭得伤心欲绝；走着走着，笑了，带着眼泪笑了。

其实，我们往往不怕被困难打倒，不怕被灾难伤害，怕的是一腔热血、真诚相待换回的却是凉透的心。被人伤害才发现那颗自以为坚强的心变得脆弱无比。可是，又能怎样呢？或许换个角度、换个想法，就会豁达一些。很多事，不是想就能做到；很多东西，不是要就能得到；很多人，不是留就能留住；很多心，不是想暖就能被暖。

然而，无论遇到什么事、什么人，都不能放弃自己。不努力怎么知道会不会成功？不去爱又怎么知道能不能拥有爱？

能百毒不侵的人，都曾伤痕累累过；能笑看风云的人，都曾千疮百孔过；每个自强不息的人，都曾无处可依过……

爱过，所以活过

　　秋雨让城市渐渐凉了下来。绵绵细雨洒落在大地上，淋湿了每个角落。白天，笼罩在雾气中的高楼大厦若隐若现，就像望不穿的人心；夜晚降临，窗外绚丽的霓虹灯将孤独与寂寞映照得更加清晰。

　　你是否在这样的雨夜想起了心中的那个人？

　　常常会有听众留言问我，为什么每次都可以写出不同的故事，我是否都会记得？其实，所有的往事也并不是都可以始终记忆犹新，但每当被触动时都可以撩动心弦。

　　如同爱情里的你，感情有时是依靠着回忆来滋养的。因为记得当初那么幸福甜蜜，爱得那样死去活来，所以才会拖延着一段已经不再幸福的关系，骗自己说："会变好的。"只是，回忆终究也会不再鲜活，你终究要过上自己的日子，不再被感情牵绊，不再患得患失。

有人说，人没有爱也可以活着。

当然，没有爱，没有鲜花，没有书，没有画，没有音乐，没有电影，没有嗜好，没有朋友，没有宠物，没有香水，没有酒，没有咖啡，没有梦想，没有愿望，没有一切想得到的和不想得到的，没有思念的和喜欢的人，没有遗憾，没有希望，人也还是可以活着；然而，就是这些微小的东西构筑了我们活着的幸福和希望。活着，只需要温饱，可是，有爱地活着，才会是幸福的。

有爱的和被爱的，有失去的和拥有的，有珍惜的和追寻的，有醉的和清醒的，看尽人间繁华落寞，到了离去的那一天，可以微笑着说"我爱过，所以我活过"，而不仅仅是"我生存过"。

让我们带着爱，好好活着！

愿你的身边，爱在相伴

　　年少时我们为爱追逐，为爱欢呼雀跃，为爱海誓山盟，为爱生离死别。曾经，山无陵，江水为竭。可是，人间的朝阳晚霞，不会因为任何的痴情而改变半分。这世间，有种爱是明知没有结果，却依然坚守原地，不舍离去，哪怕握不住一丝余温。

　　谁可以陪谁天长地久？谁可以许谁一世温柔？爱情，有的时候就像手中的沙，越握紧却越留不住。

　　爱过的人，很多逝去的岁月，早已模糊不清，不知所终。

　　你会不会在某个安静的午夜，听到一首歌，就回想起无限往事？

因为一个人爱上一首歌，便会被这首歌反复唤醒内心那些曾经的美好——原来爱情从来没有离我们而去，流金的岁月还在我们心里默默地流淌。转眼间，我们都不再年轻，收起了任性，扔掉了脾气，不再轻易地伤害或忽略身边的人，越来越懂得包容和原谅。因为我们知道：时过境迁，岁月如梭；在有限的时光里，希望留在身边的都是真的，没有虚假，没有欺骗；该珍惜的要珍惜，该远离的要远离；有酒就去喝，有爱就去爱。一生那么短，即使在不那么好过的日子里，也要学会每天给自己找一个开心的理由，哪怕只是阳光很暖，电量很满。

现实中谁也不是童话里的男女主角，能合上的是命，摊开了是路人。爱你的人，不会让你输得一塌糊涂；疼你的人，不会让你眼角挂着泪珠；懂你的人，不会让你感到孤单无助。愿你的身边，爱常相伴。

别让梦想遇上遥遥无期

咖啡厅里，抬头可见悬挂在大厅墙上的一个怀旧风格的钟表，时针、分针、秒针，用不同的速度记录着时光的流逝，滴答滴答，一点一点走远。

这些年来，忙碌的快节奏生活，让我越来越喜欢咖啡厅这个场所。选择一个角落的位置，靠窗而坐，听着舒缓的 blues，点一杯无糖拿铁，或是一个人带上一支笔，翻开一本书，都可以静坐好久。

16 岁那年，我走出西安火车站的站台，马尾辫，运动装，行李箱。两千公里之外，我曾经问自己："未来在哪里？"回答是："在我将要到达的城市里。"

20 岁那年，当我又踏进那个站台，一切竟变得陌生，我再次问自己："未来在哪里？"这一次的回答是："不知道，也许就在这里吧。"

今天，生命中出现了许许多多的朋友，填满了空白格；成长的路上经历过的让自己越战越勇的事情数不胜数，涂上了不同色彩。身边总是有很多好朋友的陪伴支持，是怎样的缘分能让大千世界中的我们相遇？我又何德何能可以拥有这些善良的人的真心相待呢？我很感恩，也很珍惜。

不知你是否和我一样，生命中都有一个特别的朋友，像阳光一样照亮着整个世界，温暖着整颗心。多少个害怕的夜晚，多少个想要放弃的时刻，只要想起那个充满力量的声音，想起那张熟悉且带着温暖的微笑脸庞，就会觉得全身重新充满了能量，又可以振奋起来，勇敢地面对困难与挫折。就这样，一过很多年。

然而，人生就是这样无常。很多事情并不会随着我们的意愿发展，变化往往还在你憧憬着明天将要出现的美好画面时，突然打破你的梦，来得猝不及防。

你的精神支柱可能依然可以给你力量，也可能不知道在什么时候就已经悄然无息地溜走了。但是你要明白，有一份属于你自己的坚强、勇敢和力量，在任何时候都不能从自己心里消失；这世上，唯一能打败自己的只有自己。

　　日出日落，华灯初上，我们都爱着自己所在的美丽万千的城市，一切都真实却又虚无。回望走过的路，想想那些再也回不去的时光，我还是问自己："未来在哪里？"我想说："它就在我想要去的地方。而今后想要的未来取决于自己现在的努力，我不放弃努力。"

　　错过的火锅下顿可以补上，没买的裙子下次可以再买。

　　可是时间一旦错过，便再也无法倒回；真心一旦错过，也许就是一辈子。

　　让我们珍惜当下，勇敢向前，别让梦想遇上遥遥无期……

　　加油！

晨暮交替，生活在说话

每当夜深人静的时候，忙碌了一天的你回到家里会做些什么？

累吗？辛苦吗？

我经常会问自己同样的问题，答案是肯定的。这世上每一个努力奋斗的人，怎么会不辛苦？只是大家都很坚强。

好朋友跟我说她的心情不是很好，我问为什么，她说就连自己也找不出原因。我便跟她谈心，希望可以帮助她调整心态，平复心情。

其实我也时常会有这样的状态，不知道为什么，莫名的忧伤就涌上心头，不知不觉眼眶就湿润了。特别是夜晚降临的时候，内心就开始变得脆弱、孤独，许多的思念就蔓延开来。夜，总是能引动人内心最深处的情感，让回忆就像播放电影一样清晰地归来。回忆里的那个人开始走进脑海，让人想起了那些至今还没有兑现的诺言……

谁的内心没有一个隐藏的空洞？我们都像是一匹孤独的狼，习惯了形单影只、流浪荒岭。夜晚，抬头仰望星空，会爱上其中的一颗星星。它照亮了心中幽暗的部分，温暖了冷酷的双眼。再一眨眼，满天的繁星中却又找不出是哪一颗。我们卸下白天穿在身上的盔甲，内心的柔软便赤裸裸地袒露出来。想要一个大大的拥抱来安抚自己内心的不安，想告别孤独的旅行，想牵住一个人的手，想一起走……这些憧憬却在一觉醒来的清晨，被无形的压力和繁重的工作瞬间淹没。

人们总是会谈论，什么是生活？

我对生活的解释是：生活，就是把人生过活，活出精彩和意义，而不是了无生趣、暗淡无光。

人生没有退路。心有多大，世界就有多大。我们都是独一无二的自己，要敞开地飞翔，努力地做事，不断地修正自己，释放我们与生俱来的创造力和灵感，发掘潜在的能力去创造一个个惊喜。我知道，还有很多事情等着我去完成，虽然，我也很想家。

最近的天气还算不错。清晨拉开窗帘，透过玻璃窗，阳光肆意地洒在床上，温柔地叫醒沉睡的人儿。我伸了个懒腰，沐浴在阳光里，看着窗外的天空，脸上露出一抹微笑，告诉自己，美好的一天又开始了，加油吧！

比失败更可怕的是后悔

你想要的究竟是什么？

儿时的梦想实现了吗？

现在的你过得快乐吗？

如同往常一样，夜幕悄然无息地降临了，被缤纷色彩包裹着的城市充满了性感与孤独的气息。此刻的你，在做什么？

你还记得童年时的梦想吗？每个人在小的时候应该都有过大声说自己长大想要实现怎样的梦想的经历吧！小的时候，男孩子总盼望着时光快快地走，自己可以早点成为男子汉；而经常穿着妈妈的高跟鞋来回臭美的丫头也希望快点长大，可以拥有自己的高跟鞋。终于，经过一次次的考试，一次次的面试，我们长大了！

成长中的我们，获得了人生中每个阶段的荣誉。长大后的我们，也许收获了一次又一次的辉煌，也许流过沮丧无助的眼泪，也许拥有过整个鞋柜的高跟鞋，也许曾经光着脚丫走过泥泞。可是，你有没有问过自己，你真的快乐吗？是不是那种发自内心的笑声越来越少了？

在快马加鞭前行的路上，我们似乎早已忘记了儿时那些纯真的笑容，忘记了那些自己许下的心愿。

在这个世界上，我们从事着不同的工作，却过着相似的生活；经历过不同的艰难，却带着相似的笑容。

无论奋力拼搏的你是不是还在独自面对生活，都请不要忘了最初的那份快乐！选择继续努力不放弃，只因为，人生只有一次。最遥远的不是没有到来的明天，而是已经过去的昨天，比失败更可怕的是后悔！

因为辛苦，所以珍贵

　　炎炎夏日，每天生活在高温的城市里，让原本压力很大的身体感觉更加疲惫。你是不是每天都像时钟一样，机械地运转着，想要停下来休息片刻却身不由己？

　　生活中，我们每个人都扮演着不同的角色。那些看上去笑容满面的人，你一定看不到他们背后的辛酸。然而生活不就是这样吗？时而顺心，时而落魄；时而失望，又忽而惊喜！你不知道在什么时候它会给你当头一棒，也不知道在什么地方它又突然令你欣喜若狂。

我们总在想着什么时候才能过上想要的生活，什么时候才可以自由自在地环游世界，什么时候可以天遂人愿，什么时候可以拥抱梦想。

或许，你现在感觉非常地吃力，但只要心中有梦，朝着梦的方向奔跑，即使最终没有到达顶峰，那也一定站在了离梦想最近的地方！

那时，回望走过的路，你不会后悔！

梦想，总是很高、很远，想要靠近必定经历苦难。如果你现在走得很累，那么恭喜你，你正在上坡，并且离梦想又近了一步！

孤独与收获并存

炎炎夏日，高温令人体持续地躁动；夜晚的城市带有一丝不安，一丝迷离，一丝寂寞。

夏夜，人们或是在夜市上喝着啤酒谈天论地，或是在公园里跑步挥洒汗水，或是坐在家里吹着空调追电视剧。总之，漫漫长夜总要找些事情做来对抗无聊。

白天奔忙在烈日的炙烤下，衣服一次次地被汗水浸湿，最希望的就是可以丢掉工作回到空调房里，吃上一口冰镇西瓜，完全放松下来。然而现实中的另一个声音却在说："坚持吧，别泄气，你没有资格说放弃，努力是你唯一的出路！"

当夜晚来临，孤独与寂寞在炎热中变成了一丝冷气，冷却了火热的心。你无力去爱，无力去思考，只想闭上眼睛放空自己，暂时忘记一切不该记得的。片刻后，再重拾信心，满血复活地迎接第二天。

亲爱的！不忘初心，方得始终。当你走上自己的人生路时，很多东西已经注定。你善良、勇敢，宁愿在孤独中为梦想奋斗，也不愿贪图唾手可得的享受。幸福的样子各有不同，如同镜中的你，温柔的、华贵的、性感的，有时连自己都认不出镜中的自己。

无论世事多么无常，人心多么善变，都要相信，人之初，性本善，爱与被爱都是幸福的，如同烟花般灿烂美好。所有的幸福不会同时来临，所有的不幸也不会同时离去。你可以不知道你曾经是谁，但一定要清楚你将要成为谁，勇敢坦然地直面生活中会发生的一切。

苍山雪 洱海月

今天，要和大家分享的是我在洱海边所见、所闻、所想、所念……

我非常喜欢旅游，在时间允许的情况下，经常会一个人出去走走。并不是因为喜欢游山玩水，而是因为世界太大了，自己太渺小，我想要用自己的身体和心灵去感知世界。多走一点路，心胸自然会开阔一些，能承受委屈、包容分歧、忍耐痛苦、解开纠结。

苍山下，洱海边；苍山雪，洱海月。

2017 年 1 月 10 日，是我在洱海的最后一个清晨。晨起，八点零七分开始等待日出，山边已经镀上了一层金色。因为有山脉相隔，所以这里的日出比较晚。大约八点二十分的时候，一道金光瞬间打破了湖面的寂静，太阳升起，露出了笑脸，灿烂夺目。

之前总是听人说洱海的美丽，2015年我来到云南的时候却无缘感受它的魅力。这次，我终于如愿住在洱海边，品味这里的日月轮回。

白天，湖面上波光粼粼，像是无数颗璀璨耀眼的钻石，闪得让人无法摘下墨镜；酒店台阶上反射出的七彩光，看得人心中明亮了许多。

放眼望去，与其他大湖不同的是，这片湖与山脉连接，让人觉得不是那么的辽阔浩瀚。海鸥时而拍打着水面，时而一头扎进湖水里。冬日，在温暖阳光的照射下，被白雪覆盖的苍山也在庄严肃穆中显出一丝温柔。

傍晚，日月交替，天空还是一样湛蓝。在太阳还没有完全落下的时候，月亮已经悄悄地爬上了枝头，轻轻地亲吻着湖面。虽然冬日里的风有丝丝寒意，但阳光却能带给我温暖。

渐渐地，夜幕降临了，湖面恢复了平静。夜空中那一颗颗明亮的星星，一闪一闪，仿佛在对人们眨眼道晚安；云朵依然清晰可见，好像在随风起舞；风掀起的浪的声音，是最好的催眠曲。人们安然睡去……

你是否也曾经想着和自己相爱的人一起走遍世界，在每一个美丽的地方都留下共同的印记，将之作为一生的回忆？

蓝天白云下，手牵手漫步在湖边。没有纷纷扰扰，没有是是非非，只有属于彼此的安静的世界。这样简单的幸福或许是每个女孩子都期待的。

我们生活在一个快节奏的社会，每一天，每一月，每一年，都会为不同的任务和新的目标而奋斗，追求着自己的梦想。所以，亲爱的姑娘，无论何时都要好好地照顾自己。只有给自己储存足够的能量，才能到达每一个我们想去的地方。就像勺布斯说过的那样："你要不顾一切让自己变得漂亮、快乐，即使是在那些糟糕的日子里。"

是呀，只有我们足够努力、足够优秀，才配得上享受那些心中期待的美好日子。

有一天，我们可以安心地牵着爱人的手去到每一个想去的地方。等到头发变白、牙齿掉光的时候，站在世界的某一个角落，依然笑着说："嘿，这一生，有你真好！你有我也很好，对吗？"

我坐在湖边的木台上，面朝大湖，闭上眼睛，轻轻呼吸着清新的空气，感受着被大湖包裹的温柔，内心有着久违的平静。

我不由得想起了仓央嘉措那首熟悉的情诗：

> 最好不相见，如此便可不相恋。
>
> 最好不相知，如此便可不相思。
>
> 最好不相伴，如此便可不相欠。
>
> 最好不相惜，如此便可不相忆。
>
> 最好不相爱，如此便可不相弃。
>
> 最好不相对，如此便可不相会。
>
> 最好不相误，如此便可不相负。
>
> 最好不相许，如此便可不相续。
>
> 最好不相依，如此便可不相偎。
>
> 最好不相遇，如此便可不相聚。
>
> 但曾相见便相知，相见何如不见时。
>
> 安得与君相决绝，免教生死作相思。

束一份情，过一条河

2017 年 1 月 12 日，我离开洱海，伴随着夕阳西下，来到了束河古镇。与丽江古镇不同的是，这里没有过分的热闹，商业气息也淡了许多，而且更有年代感。古镇上下透着淳朴、安静。

马蹄声嗒嗒作响，桥上的方石经过上百年的磨擦，已经变得光滑明亮。古镇的每一间客栈都别具一格，到处充满着诗情画意。我住在阁楼里，在阳光很好的清晨，透过玻璃窗看到远处的玉龙雪山泛着淡淡的橙红色。之前登上玉龙雪山最高处时，却不知晨光照耀下的雪山原来如此美丽。飘浮在半山腰的云朵触手可及，泡一杯咖啡坐在院子里，手捧一本心爱的书，沐浴着阳光，我很享受这样的环境下文字带给我的满足。

午饭过后，我漫步于古镇的街道。来过这边的朋友都知道，在云南的每个古镇总能听到一首熟悉的民谣——《小宝贝》，因为几乎每一家手鼓店在循环播放它。惬意的环境，轻快的旋律，带给人内心的快乐是轻柔的、舒畅的。

不知不觉，我来到了古镇的石莲寺前，踩着石头砌成的小路上了山。走进寺庙，寂静感扑面袭来。也许是因为这些年越来越喜欢安静，所以，在这里思绪不会那么凌乱，可以想通很多事情。下山后，跟随大家坐上了一辆马车，车夫很健谈，给游客们讲了许多关于古镇的小故事。这辆马车一共容纳了十个人，车夫说这匹马已经在束河古镇拉了十年的车，老马识途，马儿已经对路线熟悉到什么时候转弯、什么时候下坡都可以准确地判断。我坐在最前排，看着原本应当在大草原驰骋的马儿却周而复始地埋头拉着一车又一车的游人用力地向前走着，很心疼，若有下次，实在不忍心再坐马车。

这个没有雾霾的古镇，让人流连忘返。渐渐地，天黑了，凉风吹动着镇上的一盏盏古灯，透出一种难以亲近的孤独和渺远。苍茫的冬日里，等待着一场远春的到来，这算不算是一种深情？遥想另一座城市的灯火阑珊——当为一段错过的缘分无所适从时，或许那轮挂在树梢的明月，一如既往地如明镜般高悬在天空上，能洞察我的心事。

明月千里寄相思，有的时候牵挂并没有因为距离而远去，反而更加浓烈。我喜欢的民族歌曲不多，但是《望月》的歌词的确很美：

"望着月亮的时候，常常想起你。就像你在海角，我在天涯。你走得多么远，也走不出我的思念……"

这世间许多婉转清扬的开局，到最后，都是潜然转身的收场。但请相信，这个世界依旧善良、依旧美好，就像白落梅诗中所写的那样：

书几卷，梦一帘

一把油纸伞

遮住了多少聚散无常的情缘

你曾是锦瑟，我曾为流年

只因这个无声的雨季

让未了的故事匆匆擦肩

就这般，丢失了想要的永远

时光如水，总是无言

你若安好，便是晴天

茶几盏，诗一笺

其实我和你

只隔了一道雨巷如烟

你今为沧海，我已是桑田

如果可以，请许我预支一段如莲的时间

就算回不到从前

我也为你依旧红颜

时光如水，总是无言

你若安好，便是晴天

白落梅

壬辰年冬月

不要等到失去时才懂得珍惜

如果你想我，一定要让我知道；如果你爱我，请大声告诉我；如果我不小心伤害了你，请千万要原谅我；如果有一天，我们不得不分离，请你记得我们深深相爱的时光，因为那是我们一生中最最美好的回忆。

回看曾经热映的电影《夏洛特烦恼》的时候，以为早已成熟的自己不会被剧情打动。可是当看到结局时，眼泪还是不禁掉落下来，或许是被故事情节所感动，或许是在剧中找到了自己，也或许是剧中的结局是自己所向往的爱情。

三毛曾经说过："人之所以悲伤，是因为我们留不住岁月。"是啊，正因为留不住过去，所以我们往往遗憾终生。

冬天，是一个寒冷的季节，也是一个思念的季节。寒冬中飘落的雪花，有一种别样的凄美。雪落的声音，回不到的过去，擦肩而过的人，所有的思念……在冬天的夜晚，总是悄然无息地就推开了心门。

长大后才发现，没有北京遇上西雅图，也没有罗密欧与朱丽叶，美好的爱情似乎越来越远，成了那个再也不敢向往的词语。这一生，错过了就是错过了，没有重来，没有遗忘。在时间面前，我们谁都无能为力。多年后重逢的那一刻，那些尘封的爱轻易地如潮水般涌出内心。然而遗憾的是，时过境迁，物是人非，我们早已不是曾经的我们。于是，我们努力微笑着说："好久不见！"

当经典的旋律再次响起时，你的心里想起了谁？那个你深爱的人，还在身边吗？愿我们都不会与爱情擦肩而过，愿我们都不要等到失去后才懂得珍惜。

你若安好，我不打扰

2017年的冬天，我过了一个和以往不一样的春节。那个春节，上天给了我一个特别的安排。告别城市的灯火阑珊，没有春晚，没有年夜饭，走进寺庙，去邂逅一片净土。陪伴我的是梵音袅袅、一串菩提、一本心爱的书。每个夜晚入睡的时候都格外地安静。在这里，心沉寂了下来，连说话都变得轻声细语。

在这里，我将平时运动的方式由跑步改为登山。年初四的早饭过后，刚爬到山顶藏经阁，忽然天空开始有东西零星飘落。乍一看，我以为是庙顶的木屑随风吹落，再看，原来是下雪了。这是我遇到的2017年的第一场雪，这场雪过后，春天就离我们更近了。

年三十，把父母安顿好，下午驾车出发。当我选择这样过春节时，很多朋友都问我为什么要这么拼，大过年的还要一个人出差工作。其实，不是我太拼，而是早已习惯了这样的方式，工作已经成了生活中的重要组成部分。如同许多和我选择相同职业的朋友，一年到头都是在空中飞来飞去，穿梭在各个城市之间。夜晚飞机起飞、降落时，在空中欣赏被各种霓虹灯点缀的城市，它们就好像是穿在身上缀满闪亮珠片的礼服；白天脱下礼服的陌生城市有时候会让我感到莫名的伤感与茫然，就像每次脱下礼服走下舞台，那种狂欢后的孤单也只有自己能懂。

除夕的年夜饭我吃了一碗农家臊子面。午夜过后寺庙里依然是熙熙攘攘烧香拜佛的人群。冬夜格外地冷，比起冬天我更喜欢夏天一些，至少身体可以让内心感受到温暖。世界上，有多少人从事着一份自己并不热爱的工作，总是在深夜里备感失落？可是勇于改变现实、忠于内心理想的人，却把风险和困难都当作磨炼和精神上的财富。而我很幸运，能够一直坚持专职做自己喜爱的事情。

多少个独自行走的路上，静静地走回家，没有陪伴的人，却可以体会清风明月。那个曾经陪伴你走过夜路的人，那份刻骨铭心的爱，都会静静地重回到心里。终于明白，钢铁是这样炼成的；女人，终究也会百炼成金。而那个深藏于心底的愿望，在习习晚风中如镜花水月显现。又看见了最爱的存在，无论怎样，请记得：我心似明月，明月鉴我心，你若安好，我不打扰。

逆流而上的你最勇敢

春节的气息才刚刚散尽，新的一年就已经过去了四分之一，越长大越觉得享受时间好奢侈。春节之后依次见面的朋友们，像是约好了对话内容似的："哎，今天周几？""好像周四了吧！""天哪，一周又快过完了！"

小时候总是盼着周末快快到来，可以放下作业好好地玩儿两天。可是现在，还有谁没有在感叹时光流逝的速度惊人，巴不得一天能分成四天过！

说到底，时间没有变，秒针的速度始终如一。变了的，是我们。

现在的我们，每个人都背负着巨大的压力，或是梦想，或是责任，或是某种精神。总之，在生活的打磨下，我们都在用自己的脚步丈量着人生的坡度。走着走着，突然在某个路口看见了似曾相识的自己。

回头想想，小时候，我们挥霍的原来是现在最宝贵的东西——时间。

新年的四分之一里，你这一年的目标和计划完成了多少呢？

现在的你是什么状态呢？

是充满激情？是没有改变？是不知所措？

还是已经满怀着信心，向着崭新的自己出发了？

亲爱的朋友，不管你正在经历什么，即便是害怕前路艰辛，没有人做伴，也请朝着太阳的方向微笑着大步奔跑。因为，逆流而上的你最勇敢！

下次，是什么时候？

人们常说，我们永远不知道明天和意外哪个先到来。这句话在从前我总是不在意，觉得时间还久、机会还多，这次没有相聚还有下次，这次想做却没做的事情还有机会。可是随着身边的亲人、朋友不断地离去，有的甚至都来不及说一声再见，才明白，"来日方长"是这个世界上最大的谎言。

他说"要带我去杭州绕西湖走一整圈"，后来，却是我一个人在西湖边发呆。

他说"这次你的生日我没送你礼物，下次补上"，后来，我为他唱的生日歌他却再也听不到。

很多回忆就这样停在了那里，再也没有继续，想念只能出现在梦里。微信通讯录里面至今还保留着那些熟悉的头像，因为舍不得删除。想念的时候，就翻开对方的朋友圈，再迅速地关闭。本以为自己仅仅是回顾过去的时光，结果发现想念愈发强烈。

曾经有一个人像妈妈一样鼓励我，她说："无论遇到什么事情都要学会原谅和包容，做一个善良的人。加油孩子，我相信你很勇敢。"

现在，这份天地之间的思念，不知她是否能收到。我想告诉她："我一直很努力很努力地向前走，也会一直很勇敢。"

终于，曾经最容易实现的约定成了最遥不可及的期盼。我们无法把握生命的期限，也无法预知下一秒会发生什么，不知道下一次再见是什么时候，也不知道在什么时候离开了对方的生活。所以，如果想见一个人就去见，如果爱一个人就倾尽全力去爱。时间永远不会等着我们，不要等到一切都来不及的时候，才知道追悔莫及。

那些曾经共度的时光，无论是快乐的还是伤心的，只要是和重要的人共同参与的，都是回不去的最珍贵的回忆。

我知道，你在，所以我会好好努力，好好生活，坚持勇敢，保持善良，不辜负深爱我的人和我深爱的人，也不辜负自己。

再等我一会儿，好吗？

昨天睡前翻开微信朋友圈，看到了知名的音乐人梦野老师随手写的一段词，便想要分享给大家。梦野老师曾经作词的一首《阿楚姑娘》，被著名歌手袁娅维在首届《中国好声音》栏目中唱出，深受大家的喜爱。歌词中流露出的细腻情感，让人不由得心中泛起涟漪，想起那过去的时光，还有那些封存在回忆里的人。而接下来的这段词，会让人觉得伤感中带有美好，思念中带着期望。虽然舍不得流逝的时光，但也要懂得，我们虽无力让时光重来，却可以让未来更精彩。对爱的人，说晚安。

再等我一会儿，好吗？

等眼泪干了，雨滴停了，车前草上的水珠滚落到地上，今天的事情才算做完。门前的河水声滔滔不绝，思绪来来往往，载沉载浮，正宜想一想人生。

对一个诗人来说，一行写在纸上的句子和飞过的鸟群同等重要。我所说的眼泪，或许只会停留一首歌的时间；我的雨，也许只是穿过玻璃窗户给花浇水时撒上的。谁能说得清呢？

心底藏花一度，梦里踏雪几回。

我总是游走在思绪的纹路里，不让自己错乱的唯一方法，是用文字划出路标，再沿着这条路走时，就不会迷失。

如果我有带长廊的房子，不是在山脚下，而是面向大海，海天一色，波澜壮阔；我想，我会掬一捧海水，送给沙滩，一个夏天全部用完。我相信自己有极强的再生能力，和蚯蚓一样顽强，越柔软、越坚硬，能够成为另一个风格迥异的自己。

安心地面对流逝，是写作的馈赠；我庆幸夜晚有梦，歌中有情；我喜欢岁月漂洗过的颜色，和那一首首还没被人唱出的歌……

致记忆里的思念

嗨，你还好吗？

收到一位听众的来信。她说，和男朋友分手很久了，但是她依然忘不掉过去，忘不掉那些美好，忘不掉他，她很想念那个男生。她有很多次想要打电话给那个男生，可是到最后依然没有勇气。日子就这样不温不火地过着，姑娘的内心却再也泛不起涟漪。

我为这个姑娘感到莫名的心痛。爱情对于我们每个人来说都是一个不一样的故事。此生，遇到一个让自己奋不顾身的人，对每个人来讲都是一种难以言喻的幸福。这种幸福感是任何一个局外人都无法体会的。你问过自己究竟为什么爱他吗？或许你并不知道答案吧。爱一个人往往不需要任何其他的理由，只是因为他给了你其他人都给不了的感觉。

恋爱中的情侣，彼此眼中的爱人就像是藏在心底的一根琴弦，轻轻拨动就可以撩动整颗心；也像是暗夜里的一盏灯，一旦出现，整个世界就明亮无比。每一天，从我们在清晨的暖阳中醒来开始，直到影子消失在夜色中而结束。24 小时的日月轮回，相似又陌生，乏味又新鲜，有人爱着，有人孤独着。

不知道下一秒会发生什么，也不知道明天和意外哪个先到，但是，我们可以把握当下。无论是你的爱情已经远离，还是你正在享受爱情，请你，一定要学会为自己加油。爱着的时候，就好好地去爱；爱消逝时，潇洒转身，做一个大气且优秀的女人！

最后的"再见"

时光飞逝，转眼又到了岁末。最近经常萦绕在耳边的就是朋友们的相互问候："嗨，马上要和 2020 说再见了，这一年过得怎么样啊？"最近我站在舞台上和观众说得最多的也是祝愿大家在即将到来的 2021 年一切顺利之类的祝福语。

这一年，每天清晨用勤劳的双手美化着城市的环卫工人，迎着朝阳赶地铁、挤公交的拿着文件穿梭在城市中的白领，随时随地寻找创作灵感的艺术家，为公司业绩而努力工作的老板，各行各业奋斗不息的人……似乎每个人的脚步都是急匆匆的，每个人都在争分夺秒中度过。

　　然而，安静独处的时候想想，是啊，我们的年终总结是什么？这一年，失去了什么？又得到了什么？是满载而归？或者得不偿失？还是……

　　这一年，雾霾好像又严重了一些，路上的汽车又增加了许多。也许限行的时候才明白，到底是出行方便重要一些，还是环境保护更重要一些。

　　这一年，也许经历了友人的背叛、亲人的离去、恋人的分手、生意上的挫败……

　　这一年，也许收获了客户的肯定、朋友的帮助、爱情的甜蜜、新生命的到来……

　　这一年，说了多少次再见，每一声再见之后是否最终没有再见面？而最后的这声再见，说得是不是真的很满意呢？

　　我们总是会患得患失，从而过度规划未来，比如：

　　有的大一学生问："怎样才能在大学毕业时找份好工作？"

　　那是不是应该先想想如何好好完成大学学业，而不是天天想着找工作和实习呢？

　　有的单身女孩问："全职妈妈好还是职业女性好？"

　　那是不是应该等到结了婚，有了抚养孩子的经验之后，再考虑家庭与事业的平衡呢?

有的职场新人问:"准备换一份新工作,但万一新工作也不适合自己怎么办?"

那是不是应该等到把一个工作做到三年以上再判断自己究竟适合做什么呢?

如果没有看清手里的牌和脚下的路,所谓的展望和规划未来都不过是自己的空想罢了!

生活,有诗和远方,但更需要踏踏实实的现在,那些美好的诗和远方都是在不起眼的现在铺就的。不论是谁的生活,都是一个慢慢变好的过程。

梦想海阔天空,行为脚踏实地,从掌控到放手,从紧绷到放松,也是一场自己跟自己的较量。

无论这一年经历了什么,无论新的一年将要经历什么,都要继续保持勇敢与坚强,仁慈与善良。

伴随着夕阳落下,对自己说一声:亲爱的,明天,继续加油!

愿有一个人懂你的苦，并拥抱你

我看到了这样一个故事。

一位姑娘深夜痛哭，情绪临近崩溃，伤心至极，快要撑不下去的时候拿起手机给朋友打了一个电话。电话接通，姑娘哭声不止，在悲伤的情绪中难以自拔。过了几分钟，电话那头传来一个陌生的声音，姑娘这才意识到自己拨错了号码，匆匆挂了电话。

没想到，电话又响了起来，那个被打错电话的陌生人放心不下，打过来说："听你刚刚哭得很伤心，是发生什么事情了吗？如果你愿意的话，我愿意当你的倾听者。"

就这样，在凌晨三点，一个陌生人的倾听，抚慰了姑娘受伤的心。

电话挂断之后，这个陌生人还给姑娘发来短信："不要为不值得的人哭泣，总有一个人，会懂你的好。"

是什么样的事情让这个姑娘哭得如此伤心？原来还是那个亘古不变的缘由——爱情。

在最无助的时候，还好，有一个人能够懂你；世界再糟糕，也总有一个人会带给你美好。

在你喝醉的时候，第一个拨出的电话号码，是哪一个？

在你受欺负的时候，第一时间出现在你面前保护你的人，是谁？

在你伤心难过的时候，能给你一个温暖的拥抱，告诉你"别怕，我在"的人，又是谁？

哭的时候没人哄，于是学会了坚强；

怕的时候没人陪，于是学会了勇敢；

烦的时候没人问，于是学会了承受；

累的时候没人可以依靠，于是学会了自立。

姑娘，如果你的身边有一个宠你、爱你的人，请珍惜！

如果没有，请你坚强！

非凡职业的背后都是非凡的敬业
人们最喜欢靠近的
往往都是和自己磁场相吸、三观相符的人

寻她 | 态度

生活的态度

　　我时常会听到人们谈论情商与智商。我身边有一个情商高的女人，在这里简称她为 G 吧，和她在一起的每个人都能感受到她身上满满的正能量。她不但情商高，精力也特别地旺盛。身边的朋友总说我是工作狂，叫我"拼命三娘"。但是每每看到这位姐们儿，就觉得自己这点拼劲真的算不上什么。一天 24 小时，不管是清晨还是下午，或者是半夜，刷朋友圈时都能看到她正能量的动态，问她："你不需要睡觉的吗？随时在线啊！"她说："怎么不睡？只是碎片式睡眠，抽空睡。"我是真的为她的身体担忧，但不得不说她的工作精神和社交能力的确值得学习。我又问："你是怎么做到和每个人都关系这么好的，尤其是客户？"她说："其实也不是每个客户一开始都喜欢我，只是我会通过自己的方式，努力改变他们对我的看法，后来就达成了友好关系。至于其他的嘛，不该在意的不在意就好了。"

二十年前，G 在异国他乡进入了一个全新的销售工作领域。虽然完全不懂相关的专业知识，对市场也是完全陌生，但她并没有丝毫的胆怯。她每天安安静静地保持微笑，认真地做好自己的工作，努力地提升业绩。除此之外，她对朋友也是有忙必帮，亲和力直线上升。

她目标清晰，明白自己要走怎样的路，她无时无刻不在用行动证明自己。

她接受工作任务的时候从来不会说"不"，永远都是干脆利落地说"行"，雷厉风行，以最高的效率达到最好的效果。

工作中的她，再辛苦再艰难，也从不在任何人面前颤抖流泪；遇到困难时永远都会想办法去解决问题，而不是退缩，浪费时间。

就这样，她坚持了很多年，也收获了她该收获的一切。

我们在职场上总会遇到这样或那样的问题，困难无处不在。如果我们给自己设限，认为自己不行，找借口推脱，那么结果一定好不到哪里去。与其让自己庸庸碌碌，担惊受怕，不如放心大胆地给自己开辟一条职场大道，也许会有意外的收获。

女性在职场上应该注意把握好的重要的两点：

一、客户也许会认为你是个装腔作势的娇娇女，吃不得苦、受不了累，承担不起公司的重要任务，以至于你得不到完全的信任。但是你不用去理会那些四面八方的声音，认真专注做好自己的事情，用结果去证明自己的实力，颠覆他们对女人片面的认知。

二、也许在大男子主义的老板和同事心目中，女人都是光说不练的"假把式"，干不了什么实事。那么你就端正工作态度，在具体执行中让自己大放异彩，不怕苦不怕累，对所有的琐碎细节一一确认，保证活动圆满举办，让客户满意。如此，最终一定会大获全胜，客户会改变对你的看法，你也会得到更多的尊重和信任。

非凡的职业成就背后都是非凡的敬业。

人们最容易欣赏的，往往都是和自己意气相投、气质相近的人。

生活是一门艺术，更是一项本事。

如果把生活当作艺术，自然可以尽情地宣泄自己的情绪，因为艺术是发自内心的情感体验。我们可以只冲友善的人微笑，只对喜欢的人示爱，只对讨厌的人发飙，做个完完全全真实的自己。

可是，这只是理想状态，绝大多数状况不是心想事成，而是事与愿违，机缘有时候偏偏就掌握在那些我们不喜欢的人手中。

怎么办呢？难道只能怨天尤人感慨世道不公吗？

不，没用的！坚强的人会选择改变，脆弱的人才选择逃避。

生活，就是这样一波三折，绝不可能事事遂了我们的心愿。

我们需要把处世能力当成一项本领去修炼，生活的许多乐趣更多地来源于化解矛盾而不是激化矛盾。

愿你的每一天都能够有胆识，保持乐观的心态，不被困难打倒，让生活变得更精彩。

女人，你的奢侈品是自主

　　商场里的奢侈品包包、鞋子、香水、护肤品琳琅满目、应有尽有，女人们甚至排着长长的队伍等待挑选商品。钱，在收银台变成了一个不断变化的数字。

　　有些人在路边乞讨，有些人却在大肆挥霍，贫富差距非常大。奢侈品成了众多男女追求的东西，好像拥有奢侈品就相当于拥有了满足，好像消费的快感可以掩盖内心的孤独。那些被买回家的东西，有些可能还没有撕掉标签就被压在了箱底。这些物质上的消费真的可以满足内心的需求，给女人们带来安全感吗？我想，你的心中已经有了答案。

最真实的满足感就是，一个女人通过自己的努力创造出自己想要的生活：买得起昂贵的包包，也穿得下几十块淘到手的衣服；踩得上十二公分的高跟鞋，也可以享受平底鞋的舒适；一顿路边摊也可以满足味蕾，吃到开心。

女人真正需要的满足是什么？

也许并不是拥有房子和车子，也不是拥有多少个包包、多少双鞋子、多少套化妆品，而是内心的从容强大、可以选择自由的生活方式；拥有一颗善良的心，感恩所有的遇见，包括伤害你的人；做一个思想独立、经济独立、人格独立的三独女人。让拥有你的人值得拥有，让自己成为更好的自己！

心怀大爱，保持善良

车子停在夜色中。抬头间，不经意透过天窗看到枯黄的树叶和明亮的路灯，两者像是孤独与热情在较量，形成了鲜明的对比。越来越冷的冬天，越来越近的年，每个人都在忙忙碌碌地为一年的圆满而奔波，为目标而冲刺。

我问自己，为什么而奔波？为梦想？为生活？还是为连自己都说不清道不明的安全感？

你呢？亲爱的朋友，是什么在一直支撑着你？当你的勇气、你的力量丢失的时候，你会怎么办？你怕过吗？

我们总是拼尽全力去创造属于自己的奇迹，像游戏闯关一样冲破层层阻碍，承受了一次次的挫败，也获得了一次次成功。然而，当曲终人散的时候，你是不是也会孤独难过，想有一个可以依靠的肩膀，让你卸下沉重的盔甲，做一个没有外壳的真正的自己，哪怕只是一瞬间？

我们常常衡量温暖与善良的价值，斟酌对别人应该付出几分真情才不会吃亏，试探他人的友善里有几分真诚，仿佛感情也是一场博弈，以小博大才算赢家。但实际上，只有和煦才能融化寒冰，只有付出才能得到回报，大爱一定不是算计，付出的过程本身就是释放与满足。所以，不去计较回报，享受付出带来的快乐与心安就好。好好地努力，这是一种生活态度，与年龄无关。无论什么时候，不放纵自己，不给自己找懒散和拖延的借口，对自己严格一点，时间长了，努力就会成为一种习惯、一种生活方式！不去依赖他人，因为真正能激励我们、温暖我们、感动我们的，并不是那些励志的心灵鸡汤，而是一个充满正能量的自己！

那些被"听说"毁掉的现实

一个朋友又失落又气愤地跟我说，她被小人诬陷，百口莫辩，真是哑巴吃黄连——有苦难言。我笑了笑，对她说："干吗要为一个不值得的人生气？既然对方是小人，那就不用去计较，不然意义何在？没必要把时间浪费在这些不值一提的人和事上，有时间生气，倒不如强大自己。"

这些话说起来很简单，但要真正做到却不容易。好像我们每个人身边都会有所谓的"小人"，我也不例外，也曾经因为这样的人和事而郁郁寡欢、义愤填膺。其实我们往往生气的并不是那个"小人"，而是那个在你心里很重要的人相信了那些挑唆与造谣。更让人伤心的不是不知道真相，而是明明你知道真相，却没有去说破，也没有去揭穿那些人的嘴脸，毅然选择了信任，然而那个你信任的人却相信了"听说"。

"知我者谓我心忧，不知我者谓我何求。"

前进的路上，总会遇到喜欢我们的人和不喜欢我们的人。路遥知马力，日久见人心，不用解释，能理解你的人不用你说只字片语也懂你的心；而对于不想理解你的人，你的解释就是多余。

身旁的朋友都说我的脾气太好，什么事都能忍过去，难道我就不会生气吗？

我想说，怎么会不生气？好脾气不代表好欺负。冷静过后想想，凡事退一步海阔天空，有些事心里明白就好了。所有的谣言都是打着"听说"的旗号，越传越广。我相信谣言止于智者，真的假不了，假的也真不了，时间会让事和人最终呈现出真实的模样，不用去相信某些人的嘴。对于那些无事生非的人，我选择远离。解决问题的方式有很多，我们早已经不是幼稚的小孩子了。虽然无法管住别人的嘴，却可以管住自己的心。不要用别人的缺点惩罚自己，扩大自身的负能量，而是要用一颗包容的心去对待万事万物。善解人意是一种能力，也是一种福气，愿你的生活可以顺心顺意，不被所谓的"听说"所困扰。

爱哭的你学会了笑着转身

　　不知道是越来越独立，还是越来越心虚，走了这么久，发现唯一靠得住的还是自己。只有把自己变好变得足够强大，才不会在意那些能够轻易伤害自己的人和事。我们看过了太多的儿戏，也感受到了无限的温暖。或许很辛苦，跌跌撞撞一身伤，才会在社交账号里写下委屈和抱怨。也许有人会安慰你，但不会感同身受。你知道，不只是你一个人在忙碌，大家都各怀心事默默付出，受点伤真的不算什么。把所受的苦当做礼物，永远在路上，才是一生不变的风景。

如果有一天，让你悲伤的再也不能让你流泪，你便知道这时光、这生活给了你什么，你为了成长付出了什么。

那些你不能释怀的人和事，总有一天会在你的念念不忘中遗忘。无论黑夜多么漫长，黎明始终会如期而至，你也会猛然察觉，那个爱哭的你，不知道从什么时候开始已经找不到了。

好好地睡一觉，愿美梦治愈你的难过。

带着伤口奔跑

我看到了李筱懿作品中的一段话，分享给大家：

"我们看到的那些勇敢并且完美的人，不过是带着伤口依旧愿意向前奔跑的人。"

是啊，这句话何尝不是说出了真相呢？哪个人身上没有或大或小的伤口？只是有些人在哭天喊地，有些人在静默坚守。

的的确确，生活总是会让我们面对很多出其不意的事，或开心快乐，或伤心难过。在某些时间段，我们会感到无力解答命运给出的难题，看不见未来，也察觉不到希望，只感觉到伤口的疼痛。可是，只要带着这些隐隐作痛或痛彻心扉的伤口，奔跑到更高更远的位置，走到下一个路口，此前所有的问题就会自然而然迎刃而解。当然，新的问题也会扑面而来。

最好的人生，不是一马平川没有障碍，而是我们会跨过或者绕过路障继续向前；最好的际遇不是不受伤，而是我们会带着伤口依然奔跑。

所有的伤口，都会让我们变得更加勇敢。

爱是什么？

最近我看到在微博上疯传的一段话："以前觉得爱是一见钟情，后来觉得爱是细水长流，再后来觉得爱是安全感，现在觉得爱是我爱你的时候你也爱我。"

在每个人的心里，爱的定义各有不同。随着成长，从某种程度上讲，爱，成了彼此的精神支柱，在爱着对方的时候又能彼此陪伴。忙完一天的工作第一时间想回到那个人的身边，这大概就是爱吧。

有人说，爱是包容；

有人说，爱是付出；

　　有人说，爱是成全；

　　有人说，爱是牺牲；

　　也有人说，爱是刀枪不入的铠甲，爱是一戳就疼的软肋……

　　有什么能抵得过陪伴？又有什么能阻止相爱的人？如果一个人有一千种一万种理由对你说没空，那么，做一只骄傲的天鹅吧，去到属于你的天空，享受阳光的呵护，至少它可以温暖你。不要在那个被糖衣包裹着的不堪一击的爱的城池里，耗尽你所有的情感能量，最终精疲力尽，失去了生命中本该属于你的精彩！

　　一辈子真的很短很短，如果爱一个人就告诉他，不要让没有说出口的爱成了遗憾；多一些陪伴，不要等到失去后才懂得珍惜；用你的行动去好好爱他，不要让最初那颗火热的心和所有的付出，到最后都变得毫无意义。

　　爱是恒久忍耐，爱是恩赐善良；

　　爱是永远守护，爱是永远相信；

　　爱是永远希望，爱是永不放弃。

　　爱，就是在抛开一切后想回到他的身边。这样的爱，平淡却让人割舍不下。

舍得，不是得舍

有一次和一个朋友聊天，我们提出了很多问题，想要在对方那里寻找解答。我开玩笑地说："小时候我们看的《十万个为什么》白看了？"我们哈哈大笑，说："嗯，是白看了！"其实想一想，疑问句和反问句也是我们在生活中会经常使用的对话句型，似乎每个人心里都有很多个为什么，并且没有真正的答案。比如：

为什么我这么努力，却还是没有成功？

为什么我付出了所有，他却不爱我？

为什么我全心对她，她却在背后陷害我？

为什么他宁可相信虚情假意的人说的假话，也不肯相信我？

为什么我忙碌的时候嫌我是工作狂，闲下来时又说我没有自我？

　　呵，特别是女人，好像很喜欢提问。也许是因为与生俱来的母性吧，女人，成了世界上最愿意付出的人；从少女到成年，每一个时期都有愿意为之付出的事情。愿意为家人付出，愿意为学业付出，愿意为梦想付出，愿意为心爱的男人付出……可是，为什么会有这么多的"我愿意"呢？我想，每一个"我愿意"和"为什么"的背后都有着太多的期待。

　　舍得，有舍有得，先舍后得，不为想要得到什么而去舍，就不会有最后的失落。否则，一旦没有得到开始所期待的东西，心中便会生出许多的委屈。

　　舍，就是心甘情愿地付出。既然是自己愿意做的事情，那就快乐地把得失心放得轻一些、再轻一些。没有人会把时间和精力用在观察你的心情上，而那些真心爱你的人，你的付出即使不说出来，他也会懂。

　　把今后将要到来的每一天，都当作努力蜕变自己的过程吧。因为，成为真正想要的自己，成为值得欣赏的你，这样，才是最大的"得"。

　　希望今后的每一天，你都快乐。

微笑是最有力量的

什么是幸福？什么是快乐？

每个人心中都有着不同的答案。

有人说，住进了大房子就是幸福；

有人说，每天吃饱饭就是幸福；

有人说，父母健康就是幸福；

有人说，能和相爱的人度过余生就是幸福……

没错，这些都是对幸福的诠释，可为什么我们还会流下眼泪？

我们时常会因为丢失一件物品而懊恼，因为受到伤害而愤怒。可是愤怒又能怎样？冷静下来想想，问题并没有被解决反而更加麻烦了。所以，用一颗平常心去面对生活中的一切烦琐，多一分包容，多一分理解，后退一步便是海阔天空。微笑吧，让爱你的人更舒心，让你爱的人更暖心。

人生不如意之事十有八九，没有人会一帆风顺。活着，就是在铺满荆棘的道路上行走，并且冲破重重的艰难险阻，这样人生才有意义。到最后，回头看看走过的路，你会发现，原来人生可以如此精彩！

亲爱的！

如果美丽的衣服会让你快乐，那么就用无尽的新装来装扮自己；

如果天气不好，那么就穿上明艳如花的裙子，给心里一个浪漫的晴天；

如果不开心，那就对他说出来，不要等，不要耗费你的生命让别人来做决定。

我们要相信！

只有我们自己先快乐起来，才有能力带给别人快乐。当我们快乐的时候，我们的声音、我们的微笑、我们浑身散发的味道，都像明媚的阳光，会照亮整个世界。

无论你的幸福快乐是什么，我都想对你说：

微笑吧！因为，生命只有一次。但是，如果你一直快乐，一次生命就够了！

愿你可以嫁给爱情

　　我有一个朋友，她的名字叫闫寒，名字听上去觉得很冷，但是她却是一个总能带给人温暖的漂亮女生。

　　通常我们只有在工作的时候才能碰面，也只是匆匆打个招呼就各自继续忙碌，很少有时间坐在一起聊天。于是，这一次的促膝长谈又在不知不觉中过了很久才实现。她问我："你打算一直单身吗？"我笑笑说："这个问题已经有很多人问过我了，顺其自然吧。"

　　关于单身的话题多年来总是在社会上保持着一定的热度。到了该结婚的年龄却依然单身的女孩，就成了家长里短的焦点，而焦点中的女主人公就陷入了水深火热的观点战中。女孩的父母无疑变成了热锅上的蚂蚁，好像没到女儿出嫁的那一天人生就不完整，充满遗憾。

　　我相信，也许对很多人来说，爱情不是百分之百对等的。在大人的眼里，能找到一个适合过日子的人结婚就行了。可是我更相信，他们因为你的到来而成了父亲母亲，他们也希望你可以真真正正地幸福，而不是将你轻易地交到一个男人手中。

　　关于婚姻，我想说，女人选择一个男人不是去商场选择一件衣服，买回来后不喜欢了就丢掉。她要选择的是一个可以完完全全把自己交出去、托付一生的伴侣，可以一起哭、一起笑，一起经历风雨、一起迎接阳光、一起面对所有生命至爱。多年的坚持也是因为不希望违背自己的内心，将就自己的人生。

　　如果你还单身，那么就不要因为背负太多的社会压力而嫁给婚姻。在结婚之前，好好享受单身的生活。在有限的时光里，努力让自己变得更加优秀。直到有一天，可以挽着那个你爱的人的手臂，穿上象征白头偕老的婚纱，昂首挺胸地去结婚，然后大声地笑着对父母家人和所有关心你的人说："看，我找到了他！"

　　今天努力拼搏的姑娘，不是为了拥有更多的金钱，而是当另一半遇到困难的时候，自己可以多做一些，让心爱的人不那么辛苦；可以给父母更幸福的生活；爱你的他也会因为拥有优秀的你而感到自豪和欣慰。

　　加油吧，做一个温暖的好姑娘，愿你可以嫁给爱情！

致过去的十年

又到了午夜时分，原本疲倦至极的大脑却在此刻突然清醒。每一天都过得仿佛天边的流星一样转瞬即逝，快得让人来不及看清楚它的美丽就已经回到寂静。要做的事情一件接着一件，要去的地方一个接着一个。我习惯将自己人生的每一个十年作为一个阶段。在过去的十年里，有开心、有难过，有满足、有黯然，有得到、有失去。回头看看走过的路，默默地问自己，那些曾经的事若是重来一遍，还会不会有当年的勇气？会不会义无反顾地去爱？不计后果地去做事情？下一个十年会怎样？又会遇到哪些人和事？

现在所拥有的一切终有一天会化为乌有，随风消逝。踩着成长的脚印过来，发现丢失的是曾经的冲动，曾经的勇气。

人，总是在不断地选择、不断地放弃，就像选择了山顶便要放弃沙滩，选择了夜晚就要接受黑暗。一个女人的内心要强大到什么程度才能独自扛下所有？在孤独无助时，是不是会遇到一个坚实的胸膛给你依靠，轻轻地摸着你的头对你说："别怕，有我在。"

每个人都有不一样的人生，自己走过的路都是旁人无法欣赏的风景，经历的所有坎坷与辛酸别人也无法感同身受。多少杯灌进肚子里的酒，多少次跨过的种种困难，多少滴默默流下的眼泪，都化作了前进的力量，推动着我们一步一步向顶峰攀登。

没有谁愿意向人生低头，即使被一路荆棘折磨得遍体鳞伤，也会勇敢地走下去；即使一颗真心被践踏，也要坚持仁慈和善良；即使一腔热血被冷水浇头，也不能放弃正义；即使身体被冰冻到受伤，也要记得曾经的温暖。

女人，要记住，颜值固然重要，但不是万能的，能力与诚信才是可靠的。做一个有担当、懂感恩的人，才值得被尊重。任何时候都不要怕，只要自己不倒，什么都能过去；自己倒了，谁也扶不起你。生活越是给你重击，越是要学会独立和坚强，不依靠不退缩，要相信雨后的彩虹一定会出现。

在路上

　　车轮在高速公路上快速转动着，夜雨拍打在车窗上，我已经记不清楚多少次独自在路上了。我看着车子的里程表上不断增加的数字，提醒自己，已经走过了很多路，但今后还有更多的路要走。加油！

　　每一天我们都在成长，在经历过形形色色的人和事后，曾经轻易掉下的眼泪，早已学会了让它倒流；曾经与人一争高低的争吵，早已变为了谦让；曾经想不通的抱怨，早已换作了包容和理解。

　　我们在不断地选择和接受，但首先要学会接受。接受意外，接受变节，接受所有的不理解和不被尊重，接受努力了却得不到回报，接受现实的残忍和人性的残缺。但接受不是妥协，妥协不是退缩，退缩也不是放弃。我们依然要去努力，去爱，去为遥不可及的一切付出心血，追随自己的心，朝着想去的方向努力奋斗。纵然不知道前路的艰难险阻能不能承受，但也不能留下任何的遗憾。

要感谢那些让我们痛过、哭过的经历，因为让人成长的不是时间，而是经历。正是因为有了过去的经历，今后才有更多的勇气。

风筝在逆风中飞翔，人在逆境中成长，转弯的时候就是超越的时候。我们每一个人在路上都会面临各种各样的困难与挫折，很多时候我们都会害怕。可是一旦你开始去做，就会发现根本没有那么可怕，原来所有的担心和害怕只是自己给自己设限。没有去尝试挑战，怎么知道自己不行？行与不行只有付诸行动才有答案。学会做自己的领导，引导自己专注工作、专注学习、专注提高各种能力，不被现实的消极负面因素所影响，越难越要坚持，塑造一个独立并具有魅力的自己。

亲爱的，让我们共勉：唯有自强不息，才能自信满满，人生中能照亮自己内心黑暗的那一盏灯就是我们自己。

我们都是平凡世界中的平凡人，但每一个平凡的人身上却凝聚着不可思议的巨大力量，我们可以利用这些力量去创造更多的奇迹。是的，我相信！

世上最深情的话，都不如与你沉默相拥

寻她 | 爱情

和你在一起时
没有羡慕过任何人

短的是旅途，长的是人生。在浩瀚的宇宙中，生存在地球上的我们，每天都在书写着自己的故事。对每个人而言，回不去的往往变成了最美的往事。夜幕降临，不知不觉思绪又飘回了从前。

你还记得第一次和他见面时的场景吗？在茫茫人海中，遇见，就是彼此的缘分，能够相爱相守更是最珍贵的拥有。

你还记得他吃东西的习惯吗？还记得他最喜欢什么颜色的衣服吗？还记得除了工作之外他最爱做的事情吗？

情侣之间这些最细微的事情，对于分手后的他们来讲，却变成了最深刻的标点符号，那串 11 位的号码也被深深地刻进心里。

最好的分手状态也许是，彼此分开了依旧是不联系的朋友。尽管分手的理由千千万万，但最差的结局就是鱼死网破。在一起时的那些亲密无间的对话和那些忘记世界的欢笑都是真实的，一旦分手又何必将那些回不去的美好抹杀！没有什么值不值得，爱了就是爱了，当时的义无反顾是因为当时的心甘情愿，当时的心甘情愿也是因为当时爱的存在。

爱着一个人的时候，他的出现让整个世界都是明亮、美好的，有他在的地方仿佛一切都是五彩缤纷的。爱情纵然会有那么多的伤痛，也还是公平的。你为一个人流泪的时候，也会有另一个人为你流泪。你为一个人卑微，也曾有另一个人为你卑微。我们早该知道，爱上一个人，就有失去的可能，就有伤心的可能。

所以，丢掉抱怨，留下美好。

即使分手了，也要在哭过之后，擦干眼泪微笑着对他说：

你是全世界我最喜欢的人；

和你在一起的时候，我没有羡慕过任何人；

我最大的幸运，就是有你在身边；

我愿用自己的幸运，来换取你幸福的可能；

一直以来你都是我的骄傲，但那是曾经；

今后，我不再陪伴你。

愿你不是我的前半生，而是一生

"如果我能和你走过一生该有多好！"

与电视剧里的情节一样，有些人在你生命的开始早早出现，可是走着走着就散了；有些人在你生命中途出现，一闪而过，却给你留下深刻的印象；而有些人，出现时还没来得及问好，就挥手告别。

我们都在追求着一生不变的承诺，追求着不离不弃的陪伴；我期待真情如磐石一般稳固，往往却像飘絮一样不可把握；为了那些无法预见的未来，我们一直在用力地奔跑，耐心地等待。

我们接受生命里的许多东西，虽然一切终究会消逝，但只要存在着我们便守护着。摧毁的会被重建，新的会取代旧的，笑声会取代眼泪，眼泪又会取代笑声，直到有一天，一切骤然终结。在后来的某一个夏末，或者某一个飘雪的长夜里，想起那个离开的人，那张存在于记忆里的脸是清晰如初，还是已经模糊？我们说没有永恒，就像同一片天空下，日出日落，却不会有两片相同的云彩；花开花落间，偶然飞过的蝴蝶，停在一朵花上转眼又飞向另一朵娇艳的花。那些曾经许下的诺言，又有多少人可以一直坚守？

　　如果可以，希望没有分离；

　　如果可以，希望感情不减；

　　如果可以，希望遇见就不要说再见；

　　如果可以，想和你走过一生；

　　如果我的前半生没有你的参与，那么我希望你参与我的余生；

　　如果你走了，那么，谢谢你……

本可以

我可以为了爱情至上，而放弃了那柱光；

我可以为了爱情至上，而无所谓理想；

我可以为了爱情至上，而听从了这些那些；

我可以为了爱情至上，昧心地说请原谅……

听到这些歌词的时候，我心中涌现的第一个问题就是：这是多么深沉的爱啊！

究竟爱到怎样刻骨铭心，才会有这些字里行间的卑微？

爱一个人，究竟什么样的方式才是对的？

对于一部分人来说，也许每天腻在一起，吃着薯片，看着电影，喝着碳酸饮料，就是好的爱情。

然而经过时间的打磨，长大后的我们才懂得，用让对方感到幸福的方式爱着，或许才是正确的爱吧。

有多少爱情，经不起岁月的摧残；

有多少爱情，被现实打败；

有多少爱情，被欺骗推翻。

那些爱着的并拥有众人的祝福在一起的人是幸福的；

那些不爱却又凑合过日子的人是不幸的；

而那些爱着却不得不说再见的人心中，更多的是包容，是忍受，是成全。

所有的相遇都有它的意义，每个出现在你生命里的人都有他出现的理由。那些留在时光里的，终究成了往事；那些真正爱过的，最终都带着祝福封存在了心底——留下自己，仰起头，看着天空，带着美好的回忆，不让眼泪流下……

别等了，你没有那么重要

　　一位听众私信留言给我说，她在感情中很困惑，不知道自己该怎么办。她说，和男朋友恋爱两年了，一开始两个人每一天都腻在一起，如胶似漆，后来，渐渐地褪去了热恋时的糖衣，一切归于平淡。她认为这些都是正常的，可是让她不明白的是男朋友至今都没有跟她谈起过结婚的事情。总是以忙为借口，连两人见一面都要等好多天。他们之间虽然还会有电话或微信交流，但也是一两句平淡无味的寒暄就挂掉了，或者聊着聊着就没了回复，甚至有时候她要从别人的朋友圈看到自己的男朋友与其他人把酒言欢，而在这之前他刚刚推掉了和她的约会。于是，女孩每天都陷入无尽的等待和期盼中。她问，究竟男朋友爱不爱她？在男朋友的心里她重要吗？

　　故事听到这里，我的心酸了一下，心疼这个傻傻的姑娘，她爱得太累了。如果这篇文章女孩能看到的话，我想告诉她，其实，重不重要这个问题在你的心里早已经有了答案，你只是希望可以从我这里得到不同的回答吧。

姑娘，一个男人如果心疼你，那么他一定会小心地呵护你，不让你受伤；

如果他足够在乎你，再忙都会有时间给你打一个电话，哪怕只是一分钟；如果在他心里你很重要，那么在忙完工作和其他重要的事情之后，他就一定会来陪你；如果他真的爱你，就不会让你面对一个又一个寂寞的黑夜。

别等了，你并没有那么重要，他的选择已经告诉了你答案。

是的，你应该做一个通情达理的乖宝贝，而不应该做一个无关紧要的备胎。

那些独自等待的夜晚中你偷偷流下的眼泪，从现在开始，收起来吧！与其花时间用来等待未知的结果，倒不如好好地爱自己：好好地健身、好好地读书、好好地丰富自己，因为，配得上你的不是那些寂寞的眼泪，而是漾在脸上的自信。

希望你可以拥有一个真正爱你、懂你、疼你的他。

纵然放不下，也要坚强

"很久了，没有他的消息，没有再跟他通过电话，没有再见过他……"我相信这样的状态几乎在每一个深爱过又分手的人身上都发生过。在诉说这些话的时候，声音一定是哽咽的。看得出来，她至今还没有放下那个已经离开的人。我看着她落下的眼泪，递了张纸巾给她。这个时候我不知道该跟她说些什么，才能让她放下那个人，只能在一旁默默地陪陪她，适时地给她一个拥抱。

曾经深爱的人说过的每句话，每一首一起听过的歌，每一个一起去过的地方，所有这些，从分手的那一秒开始，都会被无限放大，最后被关进记忆的牢笼。

爱情里，想离开的那个人巴不得赶紧按下 delete 键删除干净，想留下的人却心心念念地希望把这一切永世封存。所有的回忆，在他放弃你之后变成了一根根针，针针戳心，一想就疼。

劝慰别人的时候，总是说过了这段时间就好了。可是，谁的安慰又能代替这段时间？不是有这样一句话吗？我们都像智者一样劝慰别人，却像傻子一样折磨自己。

这世上的情情爱爱，本就是有定数的大循环，有相欠就有偿还，有舍就有得。不是你的，就是他的；不是他的，就是别人的；不是别人的，有可能还会是你的。不知过了多少年后，又会轮回。

纵使你有万般能耐，也不要去想着操控别人的意志。一个去意已决的人的离去留给我们的最大的问题就是，如何直面现实走出忧伤，而不是反复舔舐伤口。

不管怎样，放弃一个喜欢的人，是一场谁也逃不开的修行。理性的人强颜欢笑不再烦扰，感性的人一念过往化身孤岛。

但愿你会坚强，重写生命中的精彩。

在永不再见的日子里祝福你

生活中，我们经常会遇到"分手"两个字。分手，是每个人情感路上的必经点，只是有些人很快就换了另一条路走，而有些人却总也找不到出口。分手之所以痛苦，大多数是因为太爱了，或者是不甘心就这样结束。

原本高傲的你，却在心爱的人面前，愿意放低姿态，付出所有，只是为了爱他多一些。

曾经相爱的人，热恋中感觉每个细胞都在恋爱。那些如胶似漆的日子，充满了甜蜜与幸福，就像一个圆环没有接口。自己天真地以为，这个圆永远不会断开；殊不知，当一串珍珠项链在你毫无防备的情况下断开时，你甚至来不及抓住任何一颗珠子。

"爱"，本身不难，难的是给对方许诺一个看得见的未来。爱情里最重要的也许是知道自己有一天会离开，却依旧要照顾好对方，许对方一个妥帖的未来。这或许才是一个女人柔韧的坚强、广博的善良，以及无私的爱。

失恋会有伤心、难过，也会有失落、颓废。

一个真真正正爱过别人的女人，经历了巨大伤痛后才能懂得：

曾经的那个自己拿命去爱的男人，最大的意义，是让我们学会成长，成长为一个更值得拥有的自己。

如果此刻你正在经历分手，那就努力把失去变成另一种收获吧！好好去爱自己，把仅有一次的人生活得更精彩，不后悔，这才是失恋后的女人真正的通透和智慧。

逝去的爱情，起初就像一个完美的圆圈，经过不断地变化，最后变成了两条永不相交的平行线。也许我们应该选择默默地祝福对方，看着他朝着自己想去的方向一直前行，收获幸福。只是这份幸福里没有我们。

愿你能收获那份只属于你的爱情，天长地久。

我这辈子有过你

时间有时很漫长，总觉得见你一次要等很久很久。

时间有时又很短暂，和你在一起的时候，眨眨眼就过去了。

这一生，你爱过谁？

这一世，你错过了谁？

世界上有一种会倒着飞的鸟，叫作蜂鸟；蜂鸟有能力倒飞，人却回不到从前。至今，打动过我的人只有你，真真正正影响过我的人也只有你。可是，你曾抓住了我的缰绳，却在我全力奔跑时一把松开，让我无法回头，撞得头破血流、遍体鳞伤。可那又怎样？我从来没有怕过，也没有放弃过自己，没有放弃过爱你，正是从那时开始，我学会了含泪微笑。

　　读了上面这段话，你是不是觉得自己就像那个奔跑着的无助的少年，觉得你的爱情也会有类似的经历？

　　我一直相信，这世间有一种相遇，不是在路上，而是在心里；有一种感情，不是朝夕厮守，而是灵魂默默相伴，从未离开。

　　一个懂得爱的人，宁可扮演输家，也不去打败自己的爱人。真爱，就要懂得让步。

　　虽然这一生这一世不可能圆满，甚至到最后一切成空，但我这辈子有过你，我珍惜。

你好好走，我好好过

放手，是一个写起来轻松但做起来很难的词语。听到过这样一个故事：女孩爱了男孩很久很久。然而，或许是上天的捉弄，命中注定他们不能走到一起；很遗憾，女孩放手了。

有人说，明明喜欢，为什么要放手？爱就在一起啊！

是啊，如果彼此相爱不就是应该在一起的吗？可为什么月亮下面还会有那么多流泪的人？

也许是无奈，也许是委屈，久了就累了，累了就放手了。

这世间有很多事情无法用言语说清楚，都说爱情里的两个人谁先认真谁就输了，爱得多的那一个的痛苦会大于爱得少的那一个。

但输赢对错，谁又能说得清呢？

无论是以哪种方式收场，大多数都是疼的。宁愿疼着，也还要摆出一副无所谓的态度跟对方说："祝你幸福！"但潇洒转身后的眼泪谁也看不到。

其实每个人心底里都会住着一个被封存的人，再也不会被提起。人生很短，转瞬即逝，能认真地活着、真诚地爱着本身就是一种幸福，就这样静静地迎接阳光和风雨，我好好走，你好好过。

我与你的交情，尽心无憾

在一段感情中，最让人难以接受的，不是分手后一个人独自承受落寞，而是分手前你的冷漠突如其来，我却无法知道为什么。

江湖浩渺，无论是友情还是爱情，都悄然无声地存在于一个风云变幻的世界里。或许这一刻约定，下一刻就逃离，谁都无法锁定别人像磐石无转移那般与自己相伴一生。

突然他爱上了你，突然爱着爱着就不爱了，突然失去了跟你一起柴米油盐的勇气，突然再也做不到繁华消逝后的不离不弃，突然觉得你这个人很没意思，突然发现你这样软弱压根不是我心中的盖世英雄。

有人不敢直面心中的对不起，但也没办法心无旁骛地继续假装爱你。爱与不爱，都没有什么道理可言，多年也许赢不过一秒，掏心掏肺也许比不过假言一笑。

越来越多的人不再盲从于一眼就必须一生，于是我们身边的不少情情爱爱都在经历着或好或坏的变迁。人生路还很长，不管真相是好是坏，在知道真相、痛过之后重新起航，总好过带着一个谜一样的羁绊度过余生。

很多事，一开始就已预料到了结果。但是我们总在较劲，只想问问他，当他跟别人情深似海时，会不会，偶尔也会想起曾欠自己一个再无可能的未来？

米兰·昆德拉在《生命不能承受之轻》中说："追求的终极永远是朦胧的，要避免痛苦，最常见的就是躲进未来。在时间的轨道上，人们总想象有一条线，超脱了这条线，当前的痛苦也许就会永不复存在。"

所以，只有善于自愈的人，才更容易接近幸福。

总有一天，我会在不爱我的人那里看清世界，也会在爱我的人那里重获一切。

你好，再见

　　都说忘记前任的最好办法就是找到现任，可是，哪有那么多合适的现任？爱情，究竟是一场游戏还是一句儿戏？

　　女人可以在任意一家商场买走自己喜欢的衣服，不好看了便可退换，或是在淘宝的购物车里不断添加再不断清空，却不能随便选择一个男人谈恋爱。

　　这世上有多少个爱情故事都从最初的甜蜜变成了最后的苦涩。

　　经过层层筛选、在内心无数次的问答之后，女人确定自己爱上了一个男人，并毫无保留地拥抱这份爱。

　　任何一个女人，从相爱的那天起，都是幸福的。和心爱的人牵手一起走过许多地方，经历许多的苦与乐。然而，这份看似坚固的爱情，却在某一天、甚至某一瞬间消失了，不堪一击。从此，女人脸上再也没有昔日的笑容，变得越发安静起来。她将自己紧紧包裹，想躲起来，傻傻地做一只鸵鸟，不再去触碰那些轻而易举就会令自己心疼的回忆。她想忘记，可城市的车水马龙又时刻提醒着她"曾经拥有过"，很真实地拥有过。躲得过四下无人的街，却躲不过每一个寂静无声的夜；她骗得过别人，却骗不了自己。

热恋当中的男男女女会说"我会爱你到永远"，可是永远究竟有多远，当初的海誓山盟到最后却变成了最苍白的谎言。

这世上没有永远，女人，也不必依赖永远。

如果他离开了，那么要学会接受；
如果你害怕了，那么要恢复你的勇敢；
如果你哭了，那么要找回你的坚强。

真正的开始，是在一次遇见结束的；
真正的结束，是从一句再见开始的。
爱过的人，彼此疏远。
一句再见，再难相见。
在离别的那个夜晚，留下彼此错过的缘。

听说

Hi，你还好吗？现在的你过得怎么样？工作顺利吗？生活顺心吗？

听说，你要结婚了。

听说，你有了一个可爱的小 baby。

听说，你实现了自己多年的梦想。

听说……

呵，像这样的问候有多少人都只能是在心中默默地轻叹。

你有没有过在微信的对话框里编辑了一长串的文字，后来又一个一个删掉，最终还是没有按下发送键。不知从什么时候开始，渐渐地，你习惯了这种不打扰的牵挂。

很多时候，生活总是喜欢捉弄用情至深的人。一份逝去的爱情，留给我们的总是泪水与欢笑交织的梦。或许是有缘无分，又或许是情深缘浅，你遇到了一个爱着却不能在一起的人。之后，就只能将这些奢侈的情感封存起来，不再打开。

这世上的爱情有千千万万种相守和分离。有些人，不断回望过去；有些人，头也不回地远走，消失在人海里。我们所有的爱恨、经历都在毫无察觉的流水般的时光里，变成了过去。

然而，往事一旦写下便无法被抹去，更何况是一份至爱。不管好的还是坏的记忆，如果真的忘不掉，就干脆记得吧，别为难自己。只要你能说服自己，真正地放下过去，在心底默默地祝福，就好。

好好爱自己

　　儿时第一次看到妈妈用手机的时候，我睁大双眼，好奇从那个小小的电子设备里竟然可以传来远方另一个人的声音。长大后，我用自己工作得来的薪水买了第一部手机，爱不释手，开心地打电话给远方的爸爸妈妈。那时候，我没有任何烦恼。

　　随着科技日新月异地发展，越来越先进的手机不断地出现在人们的手中，通信方式也越来越多。无论什么时候，多么遥远的距离，只要拨通电话，就可以听到那个思念的声音。可是，这个人人都离不开的东西，在某些时候往往成了最无声的痛，它只需要静静地躺在那里，就可以让你泪流满面。

一个受了情伤的女孩说，以前，她每天都在期盼中度过。只要电话铃声响起，她就飞快地拿起手机。然而常常是一场空欢喜，来电显示并不是那个特殊的昵称。

后来，他们吵架了；再后来，他们分手了。女孩说："也好，终于不用再等了。"

"不用再等了"，多么苍白无力的一句话，又饱含了多少无奈和失望。

深爱的两个人，曾经有千千万万个理由在一起，如今，却连一个见一面的理由都找不到。

在爱情里，如果你们之间永远都是你放下矜持主动联系他，而他联系你的次数屈指可数；如果你们之间的微信对话框永远都是你先打开的，而他的回复永远都是冷冰冰的。你不妨先去找到问题根源，解决问题，尝试改变。如果通过自己的努力依然得不到他的回应，那就不要再去爱了；爱到最后，只会觉得越来越累、越来越疼。虽然放下的过程很痛苦，但比起在爱情里卑微，比起爱到死心塌地付出一切，到头来却换不回一颗真心，哪个结果更好一些呢？

睡觉的时候关掉手机吧，别再想他；别再怕手机没电而漏接了他的电话，别再天真地以为他会想你，别再折磨自己。爱你的人，无论多忙都会有时间给你发一条微信，打一个电话，让你知道他也在想你；爱你的人，无论顺不顺路他都会送你回家，因为他担心你的安全。如果他想你，就一定会来见你。

我知道你一定很想他，可是，他会像你一样日思夜想，常常醒来后泪湿枕头吗？

别傻了，用更多的时间和精力去塑造一个更有价值、更美丽的自己，才是你应该做的事情。姑娘，别让爱你的人为你难过，时间很贵，青春很短，我们都要好好的。

依然相信爱情，不向世俗妥协

"你都多大了，还不结婚，当心生不出孩子！"

"还不结婚啊？等什么呢？"

"你已经不小了，别挑了，不然越大越难找！"

……

类似的话你是不是很熟悉呢？没错，古往今来，男大当婚，女大当嫁，这仿佛是每个人的必经之路。虽然也有那么一小部分人选择不婚，但是更多人认为到了一定年龄的女人如果还没有结婚就是一种错误、一种失败，她也就成了长辈们茶余饭后议论的主要人物。这些问题更是每年春节那些单身男女不想面对却又无法逃避的话题。

　　大龄"剩女"越来越多，独身主义的女人也不在少数。人们会觉得女人的要求太高，什么样的男人才能配得上这样优秀的女人？而我在这里想说：是的，物质要求高的女人的确存在，但更多的单身女人，她们有高能力、高收入、高品位、高颜值，她们想找的并非一棵摇钱树，更多的应该是精神与心灵上的伴侣。

　　我和身边做婚恋行业的朋友聊起过现在的相亲圈，真是不聊不知道，一聊吓一跳。现在社会上的相亲方式还真是应有尽有，电视上也有许许多多的相亲节目。而让我感触比较深的是我所在的城市中的一种相亲模式，我给这种模式起名叫"公园家长式相亲"。顾名思义，就是在公园里相亲，而为什么称作"家长式相亲"呢？在某个公园里的某一处，远远就能看到乌泱泱的一大片人群。走近一看，树上、地面上只要是能挂上绳子的地方，都被家长们挂上了一张张非常优秀的人物介绍。这场面还让我一度以为是进入了招聘现场，站在这一张张"简历"旁的家长们都像是专业度极高的资深人事专员。我们且不说每个家长背后的孩子是怎样的人物，单看这择偶需求就让我唏嘘不已——要求年轻貌美的、高学历的、擅长家务的、会生孩子的……我特别想问问他们是在给孩子找终身伴侣，还是找一个高薪保姆呢？但是看着一个个满面愁容的家长又不由得觉得心酸，真是应了那句"可怜天下父母心"。

心酸归心酸，无奈归无奈，回到现实当中，依然要面对我们的生活和问题。我并不是反对婚姻，而是反对被世俗束缚的婚姻。虽然包办婚姻的时代已经过去，但在老一辈父母的心里依然觉得儿女年龄大了不结婚就是天大的事情。可是因为该结婚而结婚就一定是正确的吗？闪婚闪离的例子已经是多得不能再多了，无爱凑合的婚姻也真实地存在着。那么什么时候该结婚呢？二十多岁还是三十多岁？即使嫁给了符合自己条条框框择偶标准的男人，就一定会幸福吗？答案一定是否定的。嫁给一个大家都认为合适的人自己未必觉得合适，自己的鞋子舒不舒服只有自己的脚知道，日子好不好过也没有人能代替你过。

有人问我你究竟想找一个什么样的人呢？

我的回答是："每一种生活、每一条路都有不同的风景、不同的忧愁，而我想要的是一个即使我知道跟这个人会面对一路的荆棘，会走过很多的坎坷，但我依然愿意和他牵着手一起走下去的男人。如果他在，我就什么都不怕，这个人就是我要嫁的人！"

虽然金钱是生活中非常重要的一个元素，但是选择结婚的两个人，三观是否一致远比对方挣多少钱重要得多。相爱的两个人只要愿意共同努力奋斗，经营自己的家庭，过上属于自己的生活，就是幸福的。我相信背名牌包包、出入高档酒店的人不一定比网购几百块的包和吃路边摊的夫妻幸福。

也有人说，做女人不要太强势，否则没有男人会喜欢。可是，为了一个未知的男人就浪费让自己变得优秀的时间一定是得不偿失的。再者说，强势与优秀这两个词并不冲突，即使是一个自身能力很强的女人，她内心最真实的部分都是一个小公主。当面对那个她真正欣赏的男人时，爱，会卸下她所有的防护，让她做回那个真真正正温柔的小女人。

愿你能遇到那个能触碰到你心中柔软的男人，并且嫁给他，相爱相守，温暖余生！

世上最伟大的爱是父母的爱

寻她 ｜ 感恩

妈妈

妈妈，我爱你！记忆里我上一次对妈妈说"我爱你"这三个字已经是很久之前了。我们来到这个世界上，学会叫的第一个称呼就是"妈妈"，是妈妈让我们给这个世界贴上了善良与坚强的标签。上小学的时候写过一篇命题作文《我的妈妈》，班里每个人对"妈妈"都有不一样的描述，但所有的妈妈都是这个世界上最爱我们的人。也许平时我们有很多话想对妈妈说却不知从何说起。今天，读完这篇文章的时候，不如放下工作，停止忙碌，好好地跟妈妈说说心里话。

　　"妈，时间过得好快。我的脑海里还经常浮现出小时候您带我去买新衣服，带我去公园，以及纠正我错误的画面。可是现在，我们有多久没有坐在一起吃一顿饭了。您总是说'妈妈老了'，可是我觉得您一点都不老，在我心里您还是那么年轻、那么漂亮，您笑起来还是那么温暖。"

　　"妈，您总是爱唠叨。虽然我听得耳朵都起茧子了，但我知道这是您爱我的方式，每一句唠叨都充满着诸多放不下的担忧和牵挂；我知道您不善于表达，但却将全部的精力奉献给了这个家，给了我们全部的爱。从毕业的那一天起，我总是忙于工作，追求自由，往往忽略了您的感受，陪您的时间太少，太少。我知道，即使说再多的我爱你，也还不完从您那里索取的爱。您给我的，是我用一生也报答不了的。但是请您相信，我会努力做一个让您骄傲、让您放心的孩子，用行动给您所有我能给的爱。"

　　静下来想想，想说的话太多了。

　　鞋柜里妈妈从前最爱穿的高跟鞋已经不知在哪一年消失了，取而代之的是整齐摆放着的平底鞋；她说时装穿着太拘束，那是因为她的腰身已经不再像当年那样纤细；她染头发的频率越来越高，那是因为白发遮住了青丝。

　　我不知道还能陪伴妈妈多少时间，带她去更多的地方，看更广阔的世界。可是我知道，我要珍惜每一次和妈妈在一起的时光。

感谢妈妈给了我生命，抚养我长大，让我能够参与这个美丽的世界。有这样一位好妈妈，是我这一辈子最大的幸福，就让我陪伴她慢慢变老吧。"请放心，孩子已经长大了，她很好，亲爱的妈妈，谢谢你，我爱你！"

谨以此文致敬每一位伟大的母亲，祝愿天下每一位妈妈都能拥有健康的身体、慈祥的容貌、从容的内心！

爸爸

小的时候读过朱自清的散文《背影》，其中一段让我记忆深刻，那是父亲送他去车站时候的场景。文中是这样描述的：

我说道："爸爸，你走吧。"他往车外看了看说："我买几个橘子去。你就在此地，不要走动。"我看那边月台的栅栏外有几个卖东西的等着顾客。走到那边月台，须穿过铁道，须跳下去又爬上去。父亲是一个胖子，走过去自然要费事些。我本来要去的，他不肯，只好让他去。我看见他戴着黑布小帽，穿着黑布大马褂，深青布棉袍，蹒跚地走到铁道边，慢慢探身下去，尚不大难。可是他穿过铁道，要爬上那边月台，就不容易了。他用两手攀着上面，两脚再向上缩；他肥胖的身子向左微倾，显出努力的样子。这时我看见他的背影，我的泪很快地流下来了。我赶紧拭干了泪。怕他看见，也怕别人看见。我再向外看时，他已抱了朱红的橘子往回走了。过铁道时，他先将橘子散放在地上，自己慢慢爬下，再抱起橘子走。到这边时，我赶紧去搀他。他和我走到车上，将橘子一股脑儿放在我的皮大衣上。于是扑扑衣上的泥土，心里很轻松似的。过一会说："我走了，到那边来信！"我望着他走出去。他走了几步，回过头看见我，说："进去吧，里边没人。"等他的背影混入来来往往的人里，再找不着了，我便进来坐下，我的眼泪又来了。

每当读到这一段，我总是会想起上学住校的那段时光。每次离开家的时候，爸爸送我去车站都会买很多好吃的让我带着。我坐在车内，他站在车外。他的眼中含着不舍的泪花，怕被我看见，他就转过身拭掉泪水，再转回来。就这样，他一直站着，直到车子驶出视线。如此，年复一年。

想让时间倒回，想回到骑在爸爸脖子上的童年。记得儿时，在妈妈批评我们的时候，爸爸总会袒护；妈妈不准吃的零食，爸爸总会悄悄买一些塞给我们；爸爸的背影总是留给我们高大、魁梧的印象。而转眼间，我长大了，他们老了；我长高了，他们腰弯了。

生命不会重来，时间不会倒流，好好珍惜，好好对待。

不要说他们啰唆。（父母的啰唆其实是你的幸福）

不要急着挂掉他们的电话。（他们只是想你了，却见不到你）

不要说他们不懂而拒绝回答他们的问题。（他们只是想和你说说话）

不要嫌弃他们做不好。（他们只是怕你累着，想帮你多做一些）

不要说他们的观点过时了。（他们只是希望你少走些弯路）

不要拒绝他们给你夹的菜。（他们做的每顿饭菜都是你最爱吃的）

不要对他们说"烦死了"。（你来到这世上，他们从没嫌过你烦）

爸爸是你一生中唯一一个最宠爱你的男人。他不会因为你的任性离开你；你所有的好，他都觉得骄傲；你所有的缺点，他也能全部包容；你跌倒了，他教会你怎样站起来，给你安全感和信心。今天，他们老了，我们要多一些耐心，多一些陪伴，不要让自己后悔。

爸爸，您的平安健康就是儿女最大的心愿！

人间四月

四月，气温逐渐升高，阳光很暖。驾车行驶在路上，我猛然发现，花已经开得非常艳丽，这才真正感觉到春天的气息。四月，是一个很美丽的季节，是春天中的春天。一阵阵春风吹开千树万树的花朵，吹绿了田野和乡村。到处是芬芳宜人的花香，到处是千姿百态的花影，到处是莺歌燕舞的画卷。

我喜欢四月，不仅仅是因为我出生在四月，更是因为它带着放肆中的冷静，娇艳却不傲娇。它的出现可以让冬天的沉寂瞬间变得鲜活，蓝天白云、阳光笑脸，到处生机勃勃。

在流水般的时光里，一年一年瞬间流过。无论华美还是萧瑟，喜悦还是悲伤，都会随着年岁的消逝而隐没，无影无踪。就这样，四月又一次无声无息地在年轮上滑过，滑过指缝，滑过梦想，滑过寂寞，滑过悲伤。走过岁月的人，随着成长，便想要告别嘈杂与喧嚣，更喜欢读一本温和的书，品一壶清淡的茶，静悟人生。

怀揣一颗感恩的心面对生活。

感谢生命中每一个用心对待我的好朋友给予我的祝福和爱；

感谢生命中每一次耐心并真诚给予我帮助的良师益友；

感谢父母给了我生命，抚养我长大，给予我无私的爱；

感谢家人，感谢生活，感谢经历，感谢你！

美好的四月，总会让我想起林徽因《你是人间的四月天》中经典唯美的诗句：

我说你是人间的四月天；

笑响点亮了四面风；

轻灵，在春的光艳中交舞着变。

你是四月早天里的云烟，

黄昏吹着风的软，

星子在无意中闪，

细雨点洒在花前。

那轻，那娉婷，你是，

鲜妍百花的冠冕你戴着，

你是天真，庄严，你是夜夜的月圆。

雪化后那篇鹅黄，你像；

新鲜初放芽的绿，你是；

柔嫩喜悦水光浮动着你梦期待中白莲。

你是一树一树的花开，

是燕在梁间呢喃，

——你是爱，是暖，是希望，你是人间的四月天！

人活着就是要靠"精气神"

"心态决定命运"这句老话，相信大多数人都再熟悉不过了，你是否认同呢？

我在刚刚步入社会的时候，是一个对责任感毫无定义且带着负能量的人。那时候的我总是被负面情绪主宰，每天过得很不舒服。当然，一个人如果没有责任感谈何成就呢？在经历过很多挫折之后，我有幸遇到了一位改变我三观的人。从那时候起，我开始学习，认真读书，并且学以致用，努力改变自己，因为知识在转化为行动之前只是一纸空谈。

后来，经过几年的打磨，我终于不再是从前那个年少无知的自己，取而代之的是一个全身充满正能量、丰盈自信的人。当我真正改变之后才体会到了其中的快乐，我不再因不顺心而抱怨，懂得了包容与理解。身边越来越多的人开始喜欢我，这样的状态也带给了我更多的勇气和信心。今天，坚持学习早已是我多年来养成的习惯。我也会时刻警醒自己：你的优秀还不足以被夸赞，能提升的空间还很大，你要不断努力，变得更加优秀！

因此，我用亲身经历告诉正在读这本书的你，我们每个人都会经历各种各样的悲欢离合，虽然你的情感我无法感同身受，但我可以给你力量。也许你有很多的抱怨与不满，但是不要试图去改变他人，因为每个人都是独立的个体，你无法改变。这个世界上唯一真正需要改变的，其实是我们看待问题的焦距，而镜头就是自己的眼睛。我深信，内心的平静与生活的喜悦并不是取决于我们是谁、我们在哪，而是取决于我们的心态。

在这里，我与大家分享著名作家詹姆斯·莱恩·艾伦《当人类思考时》中的一段话：

人们会发现，一旦改变对事物和他人的看法，事物和他人也会产生相应的改变……只要颠覆一个人的思维方式，他会惊讶地发现自己的物质生活条件也快速发生改变。人们无法吸引他们想要的事物，只会吸引与他们相似的事物……为我们写下结局的命运之神就在我们身体里，也就是我们自己……一个人的成就反映了他的思维方式……想要成就自我，有所作为，唯一捷径就是升华自己的思维方式，思维僵化的人只会在自怨自艾中固步自封，软弱无能！

　　亲爱的朋友，我想对你说：从此刻起，试着承受必经之事吧！如果你不快乐，那么找回快乐的最佳方式就是：不要困扰于已经发生的事情。从现在起高高兴兴地坐直身子，调整自己。人活着，就是靠"精气神"一步一个脚印走过来的！

　　积极地看待问题，快乐地做事情，你就会真的感到快乐！

好姑娘，加油！